KB212545

마추픽추에서 띄우는 엽서

정선 시집

오후시선 09

마추픽추에서 띄우는 엽서

시 정선 | 사진 정재훈

역락

자고 나면 하루가 가고

자고 나면 또 다른 하루가 다가와 있다.

어느새 녹음 속이다.

녹음은 가을로 가는 기차표,

핼쑥한 생각들이 절로 고개를 떨군다.

한 밤 자고 나면

눈앞에 나의 가을이 펼쳐질 것이다.

멜랑콜리에 탄력이 붙는다.

2020년 여름

정선

내가 꽃다지 앞에 엎디는 것은
낮은 자세로
홀로 흔들리겠다는 몸짓이다

차례

1부

2부

3부

4부

1부

당신이 여직
설원 끝에 등불 하나 들고 계신다면
그리움이 당신께 가닿을 때까지
죽을힘을 다해 썰매를 끌겠습니다

그리움의 방식

털스웨터를 갭니다
당신께 향하는 아름다운 시간입니다
혁명을 위해 깔라파테 설원으로 떠난
당신은 털옷조차 사치라고 말하곤 했습니다
한 번씩 개킬 때마다
당신의 눈빛이
당신의 콧김이
당신의 온도가
그리움으로 부풉니다
몇 번을 폈다 접어야
당신 사랑하는 마음을 꼭꼭 숨길 수 있을까요
내 속에 깔라파테 가시꽃이 지고
황사바람이 불다 잦아들면
그리움도 팡이 냄새를 풍기겠지만
나는 당신을 차곡차곡 개어 놓으렵니다

당신이 떠난 후 함부로 옷을 펼치지 못합니다
훅
단번에 날아가 버릴 그리움의 체취
저 공기에게 내줄 수는 없잖아요
그 누구도 넘볼 수 없는
그리움은 당신이 보내는 선물이니까요

당신이 여직
설원 끝에 등불 하나 들고 계신다면
그리움이 당신께 가닿을 때까지
죽을힘을 다해 썰매를 끌겠습니다

근처를 앓다

어떤 사람의 가슴 한가운데 들지 못하고
그 언저리를 서성이는
호수에 던진 돌멩이가 만드는 파문 같은
폐부 깊숙한 곳에서 길어 올리는 콘트라베이스
저음 같은
근처, 라는 아픈 말
화들짝 물러나
종소리를 앓으며 냉가슴의 저녁을 맞이하고
딱지 앉은 절망의 새벽을 여는 말
'그곳'이 아닌, 근처
내가 근처를 맴도는 건
발이 오래전부터 해 오던 흑담즙질 얘기
그 얘기는 상처가 되어 발바닥에 못 박히고
바람이 뜨거운 상처를 악보처럼 명랑하게 연주
할 때

가슴에서는 건강한 구름들이 피어나곤 한다
이를테면 비늘구름 면사포구름 두루마리구름
그 구름들은 참담도 웃음으로 간직한다지
이제 구름의 근처에서 산뜻하게 책장을 넘길
줄 아는,

이 가을
나는 또 무엇의 근처일까

MARAKESH LEATHER
ROCKING SEATTLE SINCE 1971
MUSSELS
WE PACK SEAFOOD TO TRAVEL!
WE FILLET THE FISH FOR FREE!
CLOSER! I'M A MONKFISH

보르도

한 사내가 가는 비를 맞으며
젖은 포도를 걸어가고 있다
저녁은 오지 않아도 좋다
한 손에는 술병을 들고
후줄근한 베이지색 면바지를 질질 끌고 간다
엉덩이에 걸친 바지는 자꾸 흘러내리고
열린 지퍼 속 대추는 오종종 떨고 있다
굵직굵직한 이목구비와 빳빳한 고개가
한때 젊은 날의 패기를 대신하고
봉지에서 튀어나온 몇 잎의 이파리가 떨고 있다
날 선 사이렌 소리가 왼가슴에 걸려 따끔거리고
나는 후줄근한 사내를 추월해 걸음을 옮긴다
노란 불빛이 나를 가공하는 이른 저녁과 상관없이
어떻게든 생가트린 거리를 다 지나가야 했다
얼마나 더 걸어야 생의 남루와 멀어질 수 있는지

빗줄기는 점점 더 살이 올랐다
어디에도 머무를 곳은 없었다

어떤 엉덩이를 회고함

당신의 엉덩이를 복숭아라 부르고 싶었다
사랑스런 이름을 가만히 부르면
엉덩이에서는 복숭아향이 진하고 더 붉어졌다
나는 그 엉덩이에서 정의의 향기가 난다고 믿었다
당신이 계단을 오를 때면
씰룩이는 엉덩이에 그만 아찔!
계단도 충동을 이길 수 없어 비틀거렸지
확실히 당신의 엉덩이는
정의의 향기로 부풀 때 매혹적이었다
차타레 부인의 젖통보다도 미끈한 다리보다도
당신 엉덩이의 괄약근이 서서히 풀릴 때쯤
탱탱한 두 쪽 복숭아에는 벌레가 둥지를 틀었다
벌레는 살을 파먹고 생각을 비대하게 만들었지
급기야 당신의 혀는 꼬부라지고
눈은 사팔뜨기가 되었지

일두一蠹 선생은 좀벌레를 잘 건사했다지
당신의 엉덩이는 베이컨 그림보다 더 흉측하게
형태를 잃었음을 당신만 몰랐다
몇몇은 당신의 사향 풍기는 엉덩이를 좇았고
몇몇은 이건 아니야 도리질 쳤지

내가 당신의 엉덩이를 바라보는 일이 쓸쓸한 까닭은
붉은 엉덩이에 의로움을 모두 걸었던 까닭이지
당신이 엉덩이를 씰룩일 때마다
우투투 정의는 떨어져 썩어 가는데
이 밤, 당신들의 엉덩이는 어떤 향기를 풍기는가
향기 잃은 엉덩이가 활개칠 때 엉덩이는
단지 '똥꼬'가 붙은 살덩어리 두 짝일 뿐

곱사등이의 노래 1

나는 네안데르탈의 후손 무언가가 한참 결핍된 종자 이를테면 굽은 등뼈가 고혹적인 척추동물

등에 화사한 혹 하나 달고 산다 혹은 화를 내거나 귀찮은 내색을 하면 몸피보다 더 부풀어 오른다 그리고는 침묵으로 성벽을 쌓는다 불면의 밤을 건너고 나면 투명한 불안과 죽음이 석류알처럼 쏟아진다

나는 석류알을 손으로 받을 용기가 없다

이쁘다 이쁘다 문드러진 속을 감추고 빈말에 웃음을 보이면 제 크기를 줄인다 아름다워져라 아름다워져라 쓰다듬고 보듬기를 수없이 반복하다가도 문득 미움이 솟구치고 원망스러워 콘크리트벽에 문지르면 살은 쩍쩍 갈라지고 피멍이 들고

나도 살고 싶다구!

애끊는 외마디 비명이 뼛속 깊숙이 박히고 저 흉물도 내 살과 뼈인지라 밤마다 이름이 긴 방콕을 되뇌인다 끄룽텝 마하나컨 보원 랏따나꼬신 …… 끄룽텝 마하나컨 보원 랏따나꼬신 마힌따라 아유타야……

곱사등이의 노래 2

…… 끄릉텝 마하나컨 보원 랏따나꼬신 마힌따라 아유타야 마하딜록 뽑놉빠랏……

어칠비칠 불경 속으로

불경은 메타세쿼이아 길로 푸르게 이어지고 무감 쪽으로 해를 등지는 서쪽으로 자꾸만 기울어지는 혹을 속수무책 바라만 보며 나는 내가 불쌍해서 운다 마르메의 전설, 보따리 장사를 하다 장출혈로 즉사한 울 엄마 그 피같이 귀한 포도주를 마시며 운다 엄마처럼 징허게 살지 않겠다고 다짐을 하며 또 한 잔

저것은 얼룩이 아니야

저것은 내 등불이다

저것은 내 숨구멍이다

다독여도 삶은 늘 묘사가 부족하다

묘사가 그리운 삶은 종이파이처럼 아슬아슬하다

제 치유의 독을 품은 노니가 향그러워질 때까지

혹이 등뼈를 뚫고 오목가슴 속으로 스며들기까지

얼마나 더 물색없이 떠돌아야 하는지

가슴앓이

절규가 떠나갔다
이별이 끔찍한 건
숨의 습도를 기억한다는 것
너와 같이 들었던 노래
자지러지던 너의 웃음
그 달콤한 호흡들이
세 평 공간에 오롯이 고여 있다는 것

이제
기도는 한 가지
저를 빛 가운데 내버려 두지 마세요
빛에 기대는 것은 무료하니까

절규의 절규를 사랑하네

뜨거운 태양 아래

초록 사과를 한 입 베어 물고

절규를 노래하네

내 속에 기거한 묘혈 같은 절규

묘혈은 평안으로 나를 인도하곤 했지

그러나 절규가 원하는 것과 내가 원하는 것은

깃털의 움직임으로도 달라진다는 것을

절규를 떠나보내고서야 알았네

절규의 애인들은 반벙어리

자세를 요구할 줄 몰라

어버버 어버버 울음을 삼키지

그 언젠가 폭염 속 절규는 갯비린내를 풍겼지

노을 속으로 사라지는 절규의 뒤통수를 오래 바라보자

노을 바깥 내 가슴에는 커다란 바다가 생겼네

바다로 가 펄펄 끓다 소금 한 줌이 된 절규

소금은 돌아온다는 불멸의 약속

나는 절규가 던져 준 달걀을 받지 않았어

발치에서 파삭 깨진 달걀을 멍하니 바라만 보았지

절규는 몹쓸 낭만으로

눈썹 밑에 또 하나의 애증을 슬어 놓고 떠났다네

내 뇌는 똑똑하여 가슴을 다스릴 줄 알지만

약속을 씹을수록 선명해지는 절규의 모습에

나는 또 절규의 입술을 사랑하네

유기농 담배를 피는 게 내 취향인 걸 절규는 모른 채

하염없이 아마란스 아마란스……

내겐 아주 특별한 놈

자발없는 놈이 내게 와서
슬그머니 벚나무에 아가미 돋는 밤
환도 깊숙이 열병 하나 슬고 싶은 밤
꽃들의 소란 바깥으로
달이 하얗게 생리혈을 흘리고 있다
속내 모를 놈의 도무지 속으로 무너지는 밤

다친 풍경 속에서 컹컹 짖는 열정 대신
놈의 울음을, 밤의 궁륭을 필사한 적 있었다
병이 깊을수록 물뱀처럼 수면을 내달렸다
빛나는 풍경도 내 것이던 적 없었건만
나는 유럽의 발코니* 석양에 앉아
풍경을 욕심내는 불손한 순례자

귓바퀴를 부풀려 통째로 키스를 던질 풍경 속

아가미 호흡과 불온한 꽃 사이를 통과하리
벨트는 흘러내리는 바지를 건사하고
치마는 구두를 엉덩이에 훔치려 나풀거리고
바야흐로 어둠은 내 허리를 휘감는다

정말 사랑한다면 놈에게 사과를 주지 마세요
노을 속에 던진 사과는 돌아올 줄 모르고
통제할 수 없는 것들은
4월 25일이 도달하기 전
총구에 빨간 카네이션을 꽂고 황홀히 부서지리

밥의 헤븐스 도어를 녹 녹 하는 밤
나도 트라우마 깊은 둔덕의 사생아다

* 스페인 남부 휴양지 네르하에 있음.

샤론

이곳 방파제 아래 서면 너의 치맛자락이 아슬하다 바람은 파도와 한통속

요기 좀 봐 요기 좀 봐 허연 허벅지를 만지려 하면 벌써 저만치 달아나 깔깔거린다

샤론

나의 궁전으로 가자 넘실대는 가슴을 끌어안고 오후 4시 21분에 천천히 너의 몸속으로 미끄러지는데 묵호에서도 찰랑 동해에서도 찰랑

샤론, 너의 치맛자락은 잠잠할 줄 모르고

해가 지는구나 노을자락으로 너의 복사 빛 엉덩이를 감싸 주마 창밖 나무들도 히이힝 수탕나귀 건강한 울음을 운다 도계의 둔덕을 더듬으며 산속으로 더 깊은 몸속으로

샤론

새소리도 잦아들고 세상의 소음들도 비껴간다 아득한 사람을 불러오는 풍경이다 길이 아닌 것들은 잔설로 허옇게 남고 위태롭게 아우라지를 노래하면 어둠은 꽁꽁 언 바닥의 말들을 나지막이 속삭이지 네 몸은 아직도 황홀히 떨고 있구나

샤론,

오 나의 사랑 샤론

너의 뺨엔 스키드마크가 붉다 손으로 만질 수 없는 사랑은 이념에 불과하지 돼지꼬리를 달고 그만 동굴에 눕자꾸나 눈먼 두더지로 천년 동안만 어둠을 파먹자꾸나

그로부터 아픈 방랑이 시작되었다

한 고독이 머리카락을 뽑았다

한 고독이 목덜미를 물어뜯었다

한 고독이 갈비뼈를 부러뜨렸다

고독들은 사타구니에 얼굴을 묻고 울부짖었다

한 고독이 배꼽을 뚫었고

한 고독이 췌장에 독침을 박았고

한 고독이 아킬레스건을 도끼로 찍었다

제 무게를 감당하지 못한 고독들은 쌓이고 쌓여

어디로 흘러가는가

산맥을 넘은 바다의 순한 눈들이

밀리고 밀려 쐐기풀로 황야를 뒤덮고

거인의 순한 발자국 따라 바람의 땅을 걸을 때,

발로 걷어차서 고꾸라진 고독

뭉그러져서 더 이상 위로받을 곳 없는 고독들이

블타바를 흘러 대서양을 건너

알티플라노 고원에서

상처를 보듬고 한통속으로 울었다

바람이 망나니칼로 대지를 부리는 곳

따순 호흡을 거부한 뼈들의 무덤인 모레노빙하

고독이라는 이름들은 순교자인 양

이곳 방랑의 길목에다 제 무게를 내려놓았다

그제야 생채기들 위로 푸른 잠자리 떼가 날고

바람에게 창자를 물어뜯기고

햇볕에게 몸을 내주고 은밀히 자라난 고독들과

함께 얽히고 단단해져 즈믄 고독이 되었다

대지의 여신인 파차마마도 버린 땅, 파타고니아

그곳엔 여름내 제 몸을 찢는 천둥소리 그치질 않고

앙상한 몸을 서로 쓰다듬으며

한통속으로 푸르렀다

빠따곤 애무곡

손을 탔어, 깨끗하게
손 타지 않은 건 바람뿐

푸른 오욕 끝에 매달린 슬픈 발자국 빠따곤
네 몸은 반도네온
굽이굽이 황야를 흐르는 빙하강을 허리에 걸치고
올림다단조와 장조가 교차하는 쇼팽을 연주하지
호수를 달리는 야생마처럼
귓바퀴를 세워 봐 라시레라레피솔
바람은 너의 배꼽을 부릴 줄 알아
배꼽을 누르면 붉은 피를 토해 내지
붉은 피는 몽골리안 셀크남을 기억해
바닥엔 검은 자갈이 구르고
잠에 취한 듯 하늘엔 유빙이 떠가는데
맨발로 근원을 찾는 사람들은
수레를 끈 채 노란 깔라파테에 반하지

처녀지는 전율의 활화산
바람의 옆구리를 퉁겨 봐 솔피솔피솔라솔
바람에게서 배웠던 모든 걸 침대에 새겨 뒀지
반도네온이 느릿느릿 아랫도리를 들추면
멀리 잉카 산은 아름답게, 오욕을 두루마리로 펼쳐놓지
몸은 나날이 빙하 빛 기억을 지우고
풍만한 유방을 흔들며
대서양을 건너온 부드러운 리듬과 통정通情하고 있구나

안데스 심장에 깔라파테 돋는 밤
가시에 찔려도 좋아
¡Hola!

그놈은 짜장면을 좋아했다

썩어도 준치라는 그놈은 허탕웃음으로 계절을 뚜벅뚜벅 건너갔다 마치 신바람 박사의 애제자처럼 곤란할 때마다 아픔을 뻥튀기는 것이었다 그러다 옥탑방에서 며칠씩 죽은 듯이 잠을 자곤 했다.

목포 배는 삼분의 이가 아버지 거라던 귀공자 그놈은 경영대학에서 철학을 공부한 덕택으로 웃을 때도 헤겔헤겔 기침할 때도 칸트칸트, 그놈은 데리다를 애인으로 데려다 살 놈이었다.

다시는 …… 바다가안보고자플종알았는디……

그놈은 고개를 돌렸다 그렇지 그렇고 말고 때마침 파도가 일렁였다 아야, 짜장면 묵고 잡다 아따가시내야 짜장면이라믄사죽을못쓰는거 워치게아즉꺼정안잊어부렀냐 반기는 눈동자엔 누런 추억들이 패잔병처럼 붙어 있었다 파도 소리 따라간 골목 옛날식 중화반점, 일곱 살 적 아버지 따라 시골 갔을 때 체한 기억이 갯비린내와 함께 꾸루룩 올라왔다 짜장면을 다 못 먹으면 경찰이 잡아간다는 주인의 말에 식겁했다 그때는 짜증면이었다 그놈은 한 그릇을 후딱 비우고 맛이쪼까거시기허네잉 짜장면은지대로쳐야지맛인디 하며 만 원을 내밀었다.

썩을 놈, 짜장면에도 철학이 있다며 정신일도 하사불성과 주인장 인품과의 상대성, 면발의 맵시와 여성미, 짜장 색깔에 담긴 인생의 의미를 논하던 그 넉살은 30년이 지나도 여전하구먼 그놈은 빈대떡만 한 얼굴을 돌리며 칸트칸트 헛기침을 했다.

신물이 올라오고 내 배는 금세 배설 신호를 보냈다. 백사장에 앉아 썰을 풀며 헤겔헤겔 헤헤겔겔 그놈이 봉숭아 씨방 터지듯 웃을수록 왠지 슬퍼지는 것이었다.

미세먼지 속에서도 삶은 죽도록 아름답다며 로코코 로코코 파도는 찬란하게 부서지고

그놈의 소갈머리에 오백 원 동전만 한 보름달이 환하게 떴다.

2부

까닭 없이 아픈 밤이 있겠냐고
갈잎비 내리는 모진 밤
너만은 하늘 붙든 홍시처럼
달달하게 익어 가길 바라는 가을밤이다

푸른 함박눈이 내리는 밤

허벅지를 껴안고 잠든 밤

찬 공기에 소름이 오소소 눈뜬 새벽

창밖에는 가슴을 두들기며 내리는 눈발

바람에 발목이 걸려

눈발들은 공중을 구르는데

먼 데 자작나무 숲에서 노래하는 불안의 이파리들

조용히 눈 감고 귀 기울이면

보듬고 싶다

보듬고 싶다

속삭이며 속삭이며

천천히 새벽을 덮는 눈

그 봉긋한 눈의 무덤에 얼굴을 묻으면

나는 한 마리 물개가 되어 빙하를 건너고

온몸에 푸른 고독의 날개가 솟아나고

근지럼증 돋는다

철푸덕

대밭에 홍시, 돋는다

돋는다는 것은

기록되기 위한 안간힘

옆구리에서 자라난 상처,

그 파괴가 선물을 안기도록

그른 결정이 옳음이 되도록

우물 속에 이지러진 날들이

기록된 적이 있었다

내 몸속 뼈들이 11월 대밭에 드러누우면

객사客死, 피 묻은 원피스가 흘러나오고

틀니가 덜그럭거리고

도망치려 할수록

철푸덕 철푸덕, 홍시 홍건한

너도 이 밤 근질근질하지 않냐?

발견이 시작되는 곳에서 갈등은 비리고

까닭 없이 아픈 밤이 있겠냐고

갈잎비 내리는 모진 밤

너만은 하늘 붙든 홍시처럼

달달하게 익어 가길 바라는 가을밤이다

이제

나는

어디로

비껴갈까요?

피 묻은 것들의 바깥

11월의 살을 더듬으며

제부도

누군가 이별은 제부도에서 하라고 했다
도도가 떠난 겨울바다
시린 하늘은 냉가슴을 앓고 있다
밤새 창문을 들썩이던 바람은 딴전을 피우고
갯벌은 두루마리 경전을 펼쳐놓는다
갯벌에 내리비친 햇빛은
그 못다 말한 경전을 차마 읽지 못하고
바닷물이 있는 곳까지 되쏜다
슬픔이 저리도 하얗다니
갈매기 무리는 매바위에 앉아
꾸룩꾸룩 뒷담화를 신명나게 하고 있다
누군가의 이별은 즐거운 주전부리쯤은 되는가
도도는 마놀로블라닉, 짜릿한 높이를 사랑했지
팔각다리가 썩어 갈 무렵 속도를 버렸지
도도의 어깨는 더없이 가벼웠고

날선 턱은 각을 구부리며 유순해졌더군
그제야 땅을 굽어보게 되었어
왜? 라고 물으면 결별은 또 한 걸음 멀어지지
나무가 탐스런 열매를 하룻밤 사이에
미련 없이 떨구는 까닭을 묻지 않고
그냥 이대로 멀어지는 거야
녹록지 않은 잎사귀들이 눈을 훼방 놓을지라도
소문에 도도는 횡허케 북풍을 타고 떠났다
도도는 모래의 자손이다
아마도 낙타를 타고 타클라마칸에 갔을 것이다
사막은 팽창된 욕망이 절로 겸허해지는 곳
모레벌레보다 못한 이름을 풍장하는 곳
빨간 등대는 눈을 비비며 늦은 잠에 빠져들고
시큰둥해진 바람은 갯골로 달아난다
입 안에 쓴물이 올라온다

요구르트 感傷

어제는 두부 한 모에 묵은지 막걸리 한 잔의 식사가 절실했다
오늘 난 일만이천 원짜리 떠먹는 요구르트가 중요하다
먹었던 요구르트와 먹는 요구르트와 나눠 줄 요구르트
황실 금박접시에 나선형으로 요염하게 앉아 있다
호도 크랜베리를 면류관으로 쓰고
아가베시럽을 실크처럼 감은 그릭요거트
그리스인의 자세로 눈에 불을 켜고 자태를 훑어 본다
눈을 한 번 비비자 다리를 꼬고 앉아 있는 삼계닭
어서 잡숴 봐 유혹을 한다
그래 요것은 삼계탕이야

요구르트, 를 떠먹는 행위는
밥에 쫓기듯 살아온 내겐 성스런 침례의식
일만이천 원으로 어엿한 폴리스 시민이 된다
요구르트의 혈통과 가문은 입맛에 따라 형성된다는 생각
푹푹 떠먹기엔 염치없어
네 명이서 한 접시에 코 박고
최대한 입을 오므려 여러 번 떠먹는 게
그릭요거트를 鑑賞하는 예의
요거트는 나의 부러운 눈빛을 놓치지 않는다
어쩌면 환장하게 좋아져
나도 산소 같은 그대가 될까 보다
세상의 무지개는 모두 합정언덕으로 간다
민주적인, 너무나 민주적인 품격들이
오색 우산으로 공중에 떠 있다

절망 2프로 활용법

골목길에 뭉근히 피어오르는 냄새
이곳에서부터 내 절망 2프로는 숨쉬기를 하지
장작 몇 개비 위 노추도
비단에 꽃장식 덮은 육신도
람람 사띠헤
람람 사띠헤
축제의 노래 위에 절망육을 놓는다
불타는 발바닥, 걸어온 육십 평생이
득시글 득시글 끓는다

끓는 절망은 온몸의 악기
절망이 내게로 와 바닥이 된다

바닥은 벌거벗음의 다른 얼굴
바닥은 뱃속 기억의 성소

절망 2프로가 머리 조아리다
의지로 고개를 치켜드는
삶이 몇 개비의 장작으로 간단히 규정되는
바라나시는 천천히 위대해지고
킁킁 어슬렁거리던 검정개 한 마리
덥석 타다 남은 욕망 한 덩어리 물고 늘어진다
나도 검정개의 고깃덩이 한쪽을 낚아챈다

한계에 답을 하는 건 오로지 바닥

산타페 게르

세상의 골목을 떠돌다 지친 몸을 누이는 곳
백운고원 송쿨호수 옆에 작달막하게 자리 잡은
내 게르는 한 줌의 머리카락과 양의 쓸개즙과
낙타 꼬리로 지은 흠집투성이 은빛 성전
어떤 이는 지나가다 똥을 묻히기도 하고
어떤 이는 침을 뱉기도 하지
나는 그 똥으로 들꽃을 키우고
그 침으로는 온몸을 씻지
몸에서 건초와 양젖 냄새가 물씬 풍길 때
조용히 혼자만의 축제를 벌이곤 하지
노마드답게 가죽옷을 입고
동으로 한 번 북으로 한 번 술잔을 돌리며
마유주를 발등에 뿌리고 대지의 신에게 경배한 후
설산을 향해 차디찬 고독의 경전을 펼쳐 들지
가끔씩 중재자 흐미는 바깥소식을 물어다 주더군
소식들은 내 성소를 날카롭게 찢곤 하지만
상처에서는 날개가 돋아나
안데스 넘어 파타고니아를 몇 바퀴 돌곤 하지
천년 빙하 빛 고독은 노마드왕국 건설에 안성맞춤
시녀도 시종도 필요 없는 왕국의 나는 절대군주
방랑의 돛대로 빙하 빛 고독을 켜고
달빛 병사들은 그믐달이 사위도록 호위하지

내 성소를 엿보시려거든
고독이 놀라지 않도록 발꿈치를 들고
부드러운 염소의 혀를 달고 오기를
갈 곳 없는 마음들이 둥지를 틀고
방랑의 유전자가 침몰하는 곳
말발굽에 채인 절대고독들이 샘솟는 곳
머잖아 송쿨호수에 겨울 게르만족이 입성하겠다

배반은 끼우시역 11시 45분 기차를 타고

나, 로마로 돌아가지 않을란다

끼우시역 11시 45분 기차를 타고 다다른
팔리아와 키아나 두 강이 만나는 움브리아주
평야에
우뚝 선 슬로시티, 천혜의 요새
낡은 성벽 틈새마다 도사린
음모의 코브라가 긴 혀를 날름거리며 발목을
휘감는다
기후가 인간을 관장한다는 생각에 미치자
금세 오르비에토는 들척지근해진다
망루는 뭉게구름을 이고
근위병 소나무가 출입을 관장하며 거드름 피
운다
탐이 난다, 오르비에토

난 눈멀어 성곽에 수캐 같은 씨앗들을 풀어놓는다
그러나 나는 상수시 궁전의 프리드리히를 흠모하지
프리드리히는 그림자로 은신하는 사람
석판 무덤 위 감자 한 알로 백성을 기리는 사람
성벽은 정복자의 야망을 부추기는 법
전쟁의 신 마르스가 창과 방패를 내려놓고 쉬는
근심 없는 상수시처럼
근위병도 치우고 성벽 따윈 무너뜨리고
포도 덩굴로 온유하게 두르자꾸나
저 키 큰 소나무에는 신문고를 달고 귀를 열어
억울한 자의 하소연에 귀 기울일란다
노동의 굽은 등을 쓰다듬어 줄란다
아모르 파티도 라곰도 오캄도 이곳에서는 진부한 것

상하 경계를 허물고
사람과 사람이 이마를 맞대고
아흐레 동안 함께 춤추며 디오니소스를 노래할란다
비움과 겸허의 토스카나를 등진 채
드디어 오르비에토 성의 영주가 되다

물색없다、봄

저들의 자발없는 짓을 보아라
다물 줄 모르는 붉은 목젖을
지난겨울 고요히 비워 둔 언덕에
이리도 헤프게 웃음을 흘리다니
담장 위에는 암고양이가 늙은 울음을 울었고
버드나무 앞가슴은 팔랑, 여며지지 않았다
개나리 아래 수탕나귀들은 오줌발을 간수하지 않았다
왜
또
징허게
모른 척 허벅지를 주무르는지
바람에서는 푸른 말발굽 소리가 들리지 않았고
민들레는 엉덩이를 드러내놓고도 부끄러운 줄 몰랐다

부정으로 완성된 저 찬란한 무덤
물색없는 봄을
환한 빛들의 폭력을
미끄덩
뭉개고 싶었다

사막이 아름다운 이유

당신은 열세 살 소녀를 강간하는 것처럼
4일 동안 위풍당당하게 사막을 가로질렀다
지프가 지나갈 때마다 희고 붉은 흉터가 생겼다
탈레반처럼 항거하는 먼지를 따라
볼리비아 우유니에서부터 칠레 아타카마까지
사막에 가면 옷을 벗을 일이다
옥죄인 혁대도 풀고 신발도 벗어 던지고
당신의 몸이 붉은 흙이 되도록
그러면 사막은 당신에게 손을 내밀 테지
온도와 습기를 부리는 사막의 주인은 바람
제 상처를 묵묵히 바람으로 말리고
거기 아무렇게나 뒹구는 돌멩이도
실은 수천 년 비바람을 견뎌 온 위대한 말,
공空!
당신의 푸른 피와 살을 바람과 햇볕에게 염장하고
스톤트리 통뼈로 우뚝 설 생각이 있거들랑
그대 부디 사막에 가시길
악령이 생식하는 음부*,
소금호수의 플라밍고 붉은 춤이 삭막을 온기로 바꾸는 곳
태양의 아들들만이 검붉은 산과 더불어 풍경이 되는 곳
태아 자세로 말라 대지의 품으로 돌아가는 곳
바람은 또 당신이 남긴 발자국들과 분냄새를 지우기에 여념이 없겠지

사막이 아름다운 이유는
인간이 없기 때문이다

* 고대 이스라엘 사람들의 사막에 대한 생각.

명령두드러기증후군

나무는 더불어 외치고
나는 따로 또 따로 내뱉는다
나는 풀꽃에 윙크를 하는데
명령은 공기로 독을 만든다
세모네모에 덧붙여 동그라미를 탄생시키느라
젊음을 탕진하고 손에는 옹이가 박였다
이제 나는 소가 끄는 세이셜 택시를 타고
삐거덕삐거덕 풍경을 씹을 테니
너는 페라리로 쭉쭉쌩쌩 풍경을 날리렴
너는 향기로이 부패하고
뒤틀림과 삐딱으로 뭉친 나는 불온성 물질이다
여전히 세상의 속곳을 들추어 사랑할 수 있을 거야

절지동물처럼 내 목덜미를 기어오르는 명령의 기호들
명령을 거부한 날것들은 영혼이 살아 있다

정안주는 연습이 필요하다

빌어먹을,

불안이 탬버린을 흔들며

낙산 골목을 통과했다

단 한사람이면 족했다

제아무리 단단한 소금벽돌도

혀로 허물어지고

두 손을 묶는다 해도 퇴색은 오는 것

이별은 단계학습이 필요치 않아

눈빛을 마주치고도

못 본 척 즐거이 웃는 잔인한 맥주잔 너머

그의 눈동자가 잠깐 흔들렸던가

거품을 바탕그림 삼아

오 초의 눈빛을 견디니

결별은 더욱 견고해졌다

결별은 떫은 말,

어떻게든 살아내야겠다는 캄캄한 의지

애초에 누군가와 무엇을 도모한다는 건

내겐 슬갑도적 같은 일

금관을 쓰고 배꼽에 피어싱을 한 그는

이제 바람의 소유물이 되었다

나는 증오로 살아냈다

그러니까 증오는 숨탄것들의 부드러운 절규

증오가 민달팽이로 귓불을 핥았다

까똑, 스마트폰은 저 홀로 공중에 응답하고

덮어쓰겠습니까?

예

유턴하다

마른장마와 악수한다

건조는 인내를 키우고

습기는 감성을 키운다

기저귀를 다시 차고 싶어

저 튀고 싶은 공의 의지를 빌려 와서……

글자에 갇힌 후부터 햇빛에 아찔 멀미가 나

길고양이에게 물어본다

이렇게 살아도 되는 거니?

코만 씰룩이다 홱 돌아선다 고양이

딱딱한 책상에 눈과 머리를 심은 나를 조롱하듯

지붕 위에 에스라인을 남긴다

수명 3년이 무색하리만치 튀는 저 탄력 앞에

카메라의 앵글은 그 엉덩이를 좇았다

내가 16년간 배운 건 사각형

책상은 늘 나를 가르치려 들었지만

의자는 언제나 나를 받아 주었지

왜? 어떻게?

묻지도 않았어

아스피린보다도 약한 게 인간의 정신

이제 의자에 엉덩이를 파묻고

동그라미를 배우고 있는 중이야

수사修辭를 만들지 않는 둥근 길을 걷다 보면

철학도 공처럼 배꼽을 잡고 굴러가지

펑크 난 타이어가 굴러가는 곳까지만 가자

와인 맛을 살리려면 제초제는 삼가야지

돌아가는 사람도 문장 위에 없고

돌아서는 사람도 문장 아래 없다

3부

내 열정이 죽으면
저 풍경도 죽으리
어떤 풍경은
나의 발걸음 소리를 다시 듣고 싶어 하리

붉은 망각

작달막한 여인이 제 몸보다 큰 보퉁이로
그림을 그립니다
땋아 내린 머리로 낭창낭창 그립니다
실밥 터진 인형을 디밀며
1솔만 더 달라고 검지손가락을 세우던 오얀따이땀보 소녀가
꾸스꼬 성당 뒤 모델값 달라고 쫓아오던 애엄마가
묵화 같은 얼굴로 백합꽃을 펼치던 노파가
골목을 환하게 칠합니다
둥그렇게 둥그렇게
치맛자락을 살랑이며
고즈넉이 평온을 그립니다
여인들이 멀어질수록 골목은 커지고
흙담 속에 미소가 깃듭니다

빼앗긴 금은 악의 얼굴일 뿐이죠
명랑한 인사를 피로 물들였던
그래서 구슬피 더 붉은 마을 친체로
잃어버린 것에 대하여 생각하다가 저도 붉어집니다
콘도르 나는 하늘의 침묵 아래
너도 올라(Hola!)
나도 올라
검은 예수와 마리아 앞에 무릎을 꿇습니다
순간 제 가슴엔 삼뽀냐 소리가 소름으로 돋아납니다
그렇게 울분은 알록달록 미소가 되고
노래가 되기도 합니다

붉은 골목길이 한갓 쓸쓸해집니다

관계도 둥지를 틀고 싶다

관계자 외 출입금지
전나무 숲길은 어디론가 이어지고
철조망은 당당히 막아서는데
나는 쭈그러진 깡통을 철조망 안으로 세게 찬다
철조망 안과 밖은
보듬음과 보듬지 못함의 확연한 경계
누군가의,
그 무엇의 관계자이고 싶어 한다는 사실이
늘 관계하며 살아가고 있음이 거룩해지고

늦은 밤 아버지가 말을 걸자
맨유를 보던 여자아이는 쌍욕을 하며 부리나케 문을 잠근다
싫어 그냥 싫어!
항아리 무덤 같은 방에 거친 숨소리가 가득 찬다

노크하세요는 관계자만 출입금지라는 뜻
무언의 표찰을 걸고 아이는 귀를 막는다
서로의 폐부에 표창으로 박힌 치사량의 정적들
튕겨나가는 눈빛들
티브이 화면 밖에서도 날카롭게 빛난다

둥글게 네모나게
때로는 울퉁불퉁 삐뚜름히
사랑의 발달로 치열해진 무형의 관계들
관계자들의 간격은 가슴과 가슴이 맞닿거나 혹은 벌어지거나
톱니바퀴처럼 촘촘해서
가까울수록 뒤꿈치를 서로 물고, 물리고
붉게 녹슬어 가면서도 마음 묶는 사슬

오늘 나는 유폐된 자

완곡법

세상을 사랑하는 데도 애교가 필요하지

엿 같은! 부르려다

엿처럼 달달한, 나지막이 부르니

앙상한 가지에 개양귀비 피어나지

무대는 언제나 돌발탄투성이

질서는 혼돈의 수고로움을 덜어 보려는 수작

질서통을 흔들면 좌르륵 굴러떨어지는 목화토월

추상으로 튕겨 나가 표정이 풍요로운 가로수가 되지

불바다에 얼음성을 세우고 달빛으로 자동차를 굴리고

혼돈을 직설로 보듬을 수는 없어 직설의 붓 내던지지

뒤통수를 쓰다듬고 노을을 휘어서

축 처진 풍경들을 일으켜 세우지

미학적 길들이 빌딩을 기어오르지

직관의 요일은 옆구리에 욱여넣고

주눅을 펴면 혼돈은 재미지지

바람으로 도핑할까요?

몇 번의 패륜이 티비를 퍼렇게 적셨다
우리는 아무렇지 않게 밥을 넘겼다
이미 아이들은 어른들의 가르침을 등지고
맘껏 지저귀었다
유월이었다

캄캄한 심장에 노란 창문을 낼까 보다
불안은 아기와 같아서
어리광이 심하지
계절은 다크를 원하지만
모른 척 깃털이나 고르며
대신 지껄이는 거지
풍경을 훔치는 건 무죄
왕자를 만나기 위해선 개구리들과 숱한 키스
를 해야 해

빈약한 유방도 때론 신의 선물인걸

농담만이 푸들거렸다

북쪽엔 밤새 하얗게 밤이 흘렀다
더 캄캄해지기 전에 모스크바를 다녀와야겠
다고 생각했다

눈을 뜨니 네 번째 손가락까지 굳었다
조급증이 일었다

우리 이제
바람으로 도핑할까요?

등신공화국

ㄱ을 표준어로 삼고 ㄴ을 버림
ㄱ을 원칙으로 하고 ㄴ은 허용함
간간이 ㄱ ㄴ 둘 다 표준어로 삼음
한글맞춤법 표준어규정을 보다
나는 ㄱ을 버리고 ㄷ을 취하기로 했어요
ㄷ은 규정을 떠나 안간힘으로 홀로 빛나죠
얼마 전 양볼에는 얼들이 꽉 차 있었어요
양볼을 다물면 얼은 힘이 강해지지만
양볼을 여는 순간 맥 못 추고 발바닥에 숨었어요
얼에 힘이 생기려면 먼저 가슴이 따뜻해야 하죠
그러나 가슴만큼 여린 게 또 있을까요
망치 한 방 얻어맞더니 가슴속 얼이 뭉텅 빠졌어요
얼들은 넓적다리에서 양팔에서
내 몸을 지키느라 허우적거렸지요

등신, 기꺼이 진흙을 발라 몸을 구웠어요
귓속에 고였던 댓잎 소리들
턱밑에 말들은 목젖을 타고 도루묵이 되었고요
콧속 훈김만이 나를 생물로 증명하네요
얼빠진 진흙덩이와 말을 섞는 건 정신 낭비지요
얼빠진 관계는 불화가 생기지 않아요
여기도 얼간이 저기도 얼간이
비로소 내 몸은 등신공화국 해피트리
가지가 돋고 잎들은 날로 푸르러
그늘을 만들어요
도린곁 그늘 아래
등신들은 지친 몸을 가지런히 뉘어요

등신공화국의 주권은 얼간이에게 있고
모든 권력은 얼간이로부터 나온다지?

신뢰가 부패되는 과정에 대한 오해

그가 한 번 하품하면 새들이 입을 다물고
그가 두 번 하품하면 나무들이 잠을 자지
그가 세 번 하품할 때
먼 곳의 강은 흐르기를 멈출 게야
신뢰는 강물과 같아서
마음으로 피돌기를 할 때 윤기가 흐르지
하품과 신뢰는 동토와 사하라만큼 먼 간격
1+1=3이더라는 그가 수학적 입을 연다
표정 하나 움쩍 않고 아주 정중하게
날선 뼈도 낭창함으로 감추면 화학적으로 왜곡되지
신뢰는 왜곡의 강에서 은어처럼 뛰어놀다 빛을 잃지
강은 속으로 곪아 우물로 고여 썩어 가게 마련
사는 일은 수학적으로 명쾌하지 않아

진심 천 그램을 끓여도
곧잘 휘발되고 말지
감정을 실어 화학적으로 가열하는 건
이 시대가 살아가는 비상수단

어떤 놈이냐
진심을 먹칠하는 놈
그놈의 고의춤을 낚아챈다
제기랄!
엊그제 만난 황사그물 한 주먹

진실주의보

— 침묵하는 여성들을 위하여*

제 딸이 아빠 딸이라는 것을 증명해야만 했죠

아프가니스탄의 카테라가 운다
법과 전통은 카테라의 피눈물에도 등을 돌렸고
침묵이 목을 죄었다
그렇게 암수暗數범죄는 배양되었다

엄마 아냐, 언니야
자이납은 엄마이기도 언니이기도 한 카테라에게 고개를 내저었다
아버지는 카테라를 명예살인하겠다고 협박했다
언니가 죽는 거야?
5살 자이납이 물었다

증거는 강간했던 자가 알고 내가 알아요

가끔 같이 죽어버릴까 싶기도 해요
자이납을 입양 보내려면 옷이라도 깨끗해야 하
니까요

아버지는 강간 후 목욕을 하고
모스크로 가서 큰소리로 알라를 부르짖었다
자이납이 크면 부인을 삼겠다고도 했다
카테라의 뱃속엔 또 아기가 있었다
그 아기는 카테라의 아버지 유전자와 일치했다

세 어린 딸을 상습적으로 강간했던 아버지가 말
한다
마누라는 도망가고 돈은 없고
어쩔 것이요
생계를 책임질 사람이 없으므로

법은 또 아버지를 풀어 준다

어쩔 것이요?
나는 체하고 말았다

* 사라 마니 감독의 다큐멘터리 영화 제목, 원제 「A Thousand Girls Like Me」.

라라를 향하여

오렌지를 밤하늘에 던져 봐
상큼한 라라,
고단한 몸을 누일 풀등 하나는 마련해야지
수크렁 구슬픈 울음으로 여명이 부서진다
간간이 안부를 물어 주는 그들이 있어
어금니를 악물고 회전근개를 일으킨다
자줏빛 숨을 토해 내는 아침을 세운다

어디서부터 공중은 구부러져 오는 걸까

절망은 꿰맬 수 없어
반성의 몫으로 항아리를 공중에 띄운다
항아리는 라라의 전령
큰 아가리로 닥치는 대로 삼킨다
뒷골목의 토사물들 정육점의 비계 덩어리들

절망의 옆구리를 파내면
불경한 이상들이 똘똘히 딸려오고
불면을 길어다 창조하는 일은 신물이 난다
뇌를 속여 몰입하는 것은 무슨 소용이랴

뭉크의 발작으로 짜릿하게 라라
불쾌한 골짜기도 별빛으로 라라
내 통증의 궁극,
괜찮아 라라

탄성을 배신한 엉덩이로부터
열여섯 소년의 구릿빛 등짝으로부터

결코 한 줄로 요약되지 않는
절뚝걸음으로 랄라라 랄라

플라나리아

내 몸 한가운데를 흐르는 시냇물엔 내성이 생긴 플라나리아들이 산다

간에 붙어 고통의 살점들을 뜯어먹고 자란다

오염된 혈관을 따라 돌다 숨어든 심장

품고 있는 한 가닥 빛마저 마지막 날숨에 실어 보내고 손바닥으로 욕지기를 덮는다

새어 나온 빛이 꼬물거려도 재생할 그 아무것도 없는 아침

거친 한숨과 울음이 엎질러진 광장 등 뒤로 축축한 햇살이 배밀이를 하고 있다

이슬 한 잔으로 몸의 부피를 줄인다

제 몸의 양분으로 몸을 동그랗게 말아 점점 부조가 되어 가는

어느 날부턴가 플라나리아는 모든 것을 버림으로 살 수 있는 방법을 알았다

버린 만큼 가벼워져 재로 탈바꿈한 몸 안에는 활화산처럼 살다 간 한 여자가 웅크리고 있다

안개를 이불 삼고 몸을 잘라 제 몸속에 정열을 낳은 여자

너무도 깨끗한 물이 견딜 수 없어 생을 스스로 녹여 버리는

너

비굴 엑기스

내 가슴에서 태어난 것들은
때죽나무로 좀작살나무로 돌아가 향기와 열매를 키우고
머리에서 태어난 것들은
대뿌리로 칡뿌리로 그악스럽게 뻗어 간다
나의 비굴은 그 뿌리 아래서 자라났다
속도 모르고 비굴은 숭얼숭얼 새끼 치고
비굴당을 결성했다
이성의 제어장치인 쓸개조차 가담한 지금
우세스러움도 까마귀로 날려 버리고
거리는 쓸개 빠진 비굴들이 풍년이다

진정眞正으로 비굴하려면
진정眞情으로 짐승이 되어야 한다지
내동댕이친 붉은 심장 한 조각과
번들번들한 입과 뻔뻔스러운 눈동자와
그리고 느물느물한 미소 한 움큼이면 충분
맛은 그것들을 응축시키는 싱싱한 상상력에 기대기를
정正의 실종으로 정情한 엑기스가 탄생했겠다
진정眞正에 고개 돌린 묘비명이 뒹군다
평생 비굴로 밥 먹고 갈팡질팡 즐거이 죽노라
염치없는 소원 하나 있다면
진眞이 살아나기 전에
정正을 세우기 전에
다정多情한 비굴에 압사하는 것
돼지얼굴로 웃으며 훌륭히 죽는 일

Maybe, 오늘의 주제는

눈뜨는 새벽 창문에
새소리를 타고 주제가 배달되는 건
바람직하지 않아

13번째 집을 짓고
저녁 풍경에 떠 있겠어요

내 생애 몇 안 되는 단어를 움켜쥐고
눈을 깜박하면 눈앞엔 해바라기가 피고
또 깜박하면 동백꽃이 떨어졌지
사천 개 맥주 앞에서 어떤 맥주를 마실까
매번 결정장애를 앓는 독일인같이
주제는 따분해, 빗나가야 참맛
삶은 시크해서 레드와인을 좋아하냐고 묻고
화이트와인을 건네지

하늘에서 소금을 맛볼까
콘크리트 바닥에서 꽃향기를 품어 볼까
내게 주제란
응축된 하루치의 권태
위태한 미소를 칠한 가면
도끼로 주제를 끊고
'대충'이란 나무를 심어 봐
나무는 따스한 눈길만으로도 크는 법

오른쪽 옆구리에 똬리 틀었던
유혈목이 한 마리 빠져나가는 중이다
Maybe,
to be continued

바람과 풍경이 내 스승이다 1

나는 고단孤單을 즐기는 자
풍경 속에서만 꽃으로 피어난다
마가레트처럼 청초하게 때로는 양귀비처럼 요염하게

바오밥나무를 드나드는 바람의 마음
여행자는 그 바람의 마음을 읽을 줄 알아야 한다
바람이 하는 일에 간섭하지 않을 때
아무것을 탓하기 전 나를 죽일 때
절로 소중한 풍경은 내게 달려온다

가끔 풍경은 의뭉스럽다
와이나픽추 빗속에서 일곱 시간 만에 굽어보았던 마추픽추
안개 휘장 드리운 그 속을
함부로 들출 수는 없다
만용을 부리면 여행은 강팍해진다
"나를 내버려 둬 제발!"
풍경도 사람에게 시달려 소리치고 싶을 테니
그럴 땐 조용히 바라봐 주기
이름 석 자가 보잘것없어지는 풍경 속에서
내 안의 새로운 나가 부단히 생겨나
머리를 헤쳐 풀고 온전하게 춤추도록

작정하면 저만큼 달아나 버리는 풍경을 탐하지는 말자
바람의 위력, 그 부드러운 위무
난 그저 바람에 깡그리 순응하는 나그네일 뿐

바람과 풍경이 내 스승이다 2

풍경은 천천히 아픔을 녹이는 능력을 지녔다

산지미냐노 탑에서 내려다본 토스카나 평원
멋진 풍경 앞에서 눈물 흘려 본 사람은 알리라
가슴 아리는 이 풍경 하나하나가
내 삶의 신산한 발자국이었음을
깊은 들숨과 날숨이었음을
나를 삿되게 하는 편견과
반성 없이 흘려보냈던 흰소리들
몸속이 투명해진다

나는 비로소 해금된다

놓쳤기 때문에 더욱 앙가슴에 파고드는
얼굴들

노래들
언덕들
그 골짝 깊숙이 피어나는 그리움

풍경에 내 눈이 베여도 좋다
가슴에 생채기가 나도 좋다

내 열정이 죽으면
저 풍경도 죽으리
어떤 풍경은
나의 발걸음 소리를 다시 듣고 싶어 하리

4부

고독은 우루밤바 계곡처럼 골이 깊고
고통의 음조는 다분히 변덕이 심해서
내 불구를 저 와이나픽추 안개가 쓰다듬겠다

초록이라는 그리움

은지야 석이야

콧물 훌쩍이며 뛰놀던 운동장가에

노랗게 방가지똥은 피었니?

바람도 깃들 곳 없는 잿빛 도시

크레파스 검정칠을 긁어 내면

팔랑팔랑 나비 뭉게구름 둥실

광장에 웃음소리 꽃처럼 피어나는데

초록이 지치면 내 숨도 가쁜데

초록은 숨탄것들의 요람

초록은 등을 맞대고 살아 내려는 생명의 온도

새벽 종소리 그리며

초록 온도를 가슴에 품으며

휘파람을 불고 싶다

바람의 귓불을 간질여

저 첨탑 너머 골짝 깊숙이

그리움의 초록귀 하나 걸어 두고 싶다

낙타들

소금 피어나는 에버랜드 찾아
낙타가 간다
소년이 간다
그 뒤를 노인이 따라간다
모래바람 맞으며 붉은 사막이 된
낙타를 밟고
불타는 행렬이 끄덕끄덕 졸며 간다
맨발로 걷는 이 뜨거운 땅 다나킬
도무지
삶에는 자비가 깃들지 않아
이글거리는 태양 아래
소년이 낙타가 되고
노인이 낙타가 되고
낙타는 낙타인 채로 돌고 돌아
사십삼 일 동안 얻은 소금 몇 자루

시퍼런 혹은
등짐 진 낙타의 마지막 비명

세상의 속울음은 여기 한자리에 고였다
사방이 고통꽃으로 환하다
등에 혹 하나 달고
리야드로 상파울루로 타슈켄트로
사각빌딩 속을 헤매다
머리를 동쪽으로 눕히며
곧
뼈째 누워 사막이 되는,

도토리와 도레미

도토리가 7살 무렵 도레미가 왔습니다
몸통이 한 뼘밖에 안 되는 레미는 천둥벌거숭이
모든 게 자기 것입니다
푸들 형아는 제 장난감을 던져 줘도
삐우삐우 뼈다귀랑 물고기랑 뺏기고 맙니다
엄마 눈치만 보며 뺏어 달라 칭얼댑니다
곱슬곱슬 털이 기가 확 죽었습니다
그래도 엄마 사랑은 뺏길 수 없어
눈꼴사나운 동생에게 입질을 합니다
몰티즈는 참지 않긔
레미는 성정대로 아르르 왈왈 앙살입니다
차마 물지는 못하고 맞장뜨려 컹컹대다가 지레
지치는 건 형아입니다
4살이 되자 철이 들었을까요
냉장고 문에 쉬를 해서 혼내면

"제가 뭘요?"
눈만 깜박이던 레미는
이제 눈을 마주치지 않으려 고개를 돌립니다
딴청 하품을 하고 쭉쭉이를 합니다
엄마 무릎에 앉고 싶은데 형아가 째려보면
눈을 내리깔고 수그리합니다
형아가 으르렁대면 얼른 등 뒤로 숨습니다
잠잘 때도 "울 엄마는 내 거야!"
수문장 형아는 침대 앞에 떡하니 버티고 있습니다
레미는 계단에 앉아 형아가 한눈팔 틈을 노립니다
낄 자리 빠질 자리 낄끼빠빠를 잘 압니다

철든다는 것은 염치를 안다는 것
염치를 안다는 것은
제 도리를 조금씩 깨친다는 뜻입니다

고집을 굽다

내 몸속에는 대왕조개 한 마리가 산다

고집은 성채 같아서

문을 열면 나를 잃어버릴 것 같은 두려움

해감을 문 채 패각은 단단해지고

어쩌면 고집은 부러지기 쉬운 등속들이

유일하게 몸 부빌 언덕바지

어느 열대 해변에서 입을 벌린 채 죽은 대왕조개

폐쇄는 부패를 일으킨다는 생각

내 안 어딘가에서 단백질 썩는 냄새가 나는군

고집에 버터를 발라 바비큐를 할까 봐

쌈박하거든

아 몹쓸, 고집을 굽는 일은

팔순의 유기견 길순이가 사랑받고 싶어

벌렁 배를 뒤집는 것처럼 쓸쓸한 일

동태야 동태야

금메 거시기,

야 임마 동태야
불갑산이 저토록 붉잖냐
내리깐 두 눈쫌 부릅떠봐야
시방
우리 어릴 적맹키로 들판에 뛰노는 아침태양을 외면허는 것은
도리가 아니제 암만
이빨은 폼으로 달고 다니는 겨?
아래턱이 뽀개지도록 질겉질겅 씹어도 시원찮을 판에
속창아리 없는 놈
워째크름 당달봉사가 되야가꼬 그런다냐
언제부턴가 니놈 이마는 불도우저로 밀어분 아스팔트맹키로 훤해지기 시작혔제
느그 집 평수가 넓어가더란 말이시
보들보들 융단에 자빠지고 싶겄제
출세를 혀서 허리 굽힐 일이 많응게 그라겄제
아무리 그려도 아닌 건 아닌 것이제
니놈 불알이 실하다며 오지게 좋아하던
느그 할아부지 무덤서 독사 나올라
동태야 동태야
아으…… 동태야
니놈은 참말로
암시랑토안허냐 잉?

구덕살

모두가 시인 될 필요는 없지요
치골 깊숙이 박힌 말
살랑바람이 꽃봉오리만 살짝 건드려도
유독 가려운 이 봄
왼쪽 겨드랑이에 고인 치욕들은
배꼽을 타고 흘러 사타구니를 더듬는다
나도 시인인데……
나도 시인인데……
긁을수록 발갛게 부어올라
멍울멍울 구덕살 박이는 구부정한
봄 둔덕에 꽃다지 핀다
모두가 시인 될 필요는 참말로 없었다

세상에 못다 한 말은 꽃술로 모인다지
내가 꽃다지 앞에 엎디는 것은
가녀린 대궁에 귀를 대어 보자는 것이다
낮은 자세로
홀로 흔들리겠다는 몸짓이다
그 몸짓은 곱사등이로 하늘을 우러르겠다는
나를 버리겠다는 포기각서다
아름다움도 권태가 깃들어 스러지고
함부로 시를 사랑한 죄
가난함과 이름 없음과
단단한 고독으로
내 몸 어딘가에 환한 치욕의 구덕꽃
노랗게 핀다

눈 오는 날은 의정부에 가야 한다*

눈발은 날리고
기차는 눈치 없이 툭하면 섰다
의 · 정 · 부
일제 정부기관 같은 이름 의정부가, 몸담자
의롭고 정 많고 부드러웠다
궁둥이 흐벅지고 젖가슴 포근한
아흐, 정부情夫 같기도 했다
입술에 찰지게 붙을 땐 좋았지
정나미 떨어지라고
올겨울 그리도 겁나게 내리는갑다
삼백오십만 원어치 정수리에 심은 머리털도
폭설에는 뿌리 빠지고
홍보 투철한 스마트폰 막을 자 없고
눈 오는 날은 의정부에 가야 한다
이것은 이십삼 센티미터 눈 속에
뿌리박으려는 사무원의 이야기
언젠가 종지기만 한 맨살 정수리를 본 아내,
머리카락 없으면 같이 안 다닐 거야
몇 개 남지 않은 머리털을 사수하자!
어쩌면 그것은 카리브해 태양을 쬐어야 견디는
아내의 절박함
정情도 뽑히고
함박눈은 하염없이 쌓이고
내가 의정부를 포기하려는 이유는 단 하나
머리털=아내
뿌리를 박는다는 것에 대하여
죽을힘 너머
고요한 설국 속 아픈 정물 한 폭

*유하의 시 「바람 부는 날이면 압구정동에 가야 한다」 에서 차용.

봉숙이 찾아 삼만 리

부스스한 머리에 진분홍 반짝이 옷
육중완이 봉숙이를 노래한다
못 드간다 못 간단 말이다
이 술 우짜고
묵고 가든지 니가 내고 가든지*
입을 삐죽이며 데킬라 시켜 돌라 하던 봉숙이
엉덩이를 씰룩이며 택시 잡아 탈라 하던 봉숙이
봄밤 술은 저 홀로 익어
우후우우후 우후 우후우우후 우후
아랫도리 저리도록 봉숙이를 꼬신다

딱 30분만 쉬었다 가자
아줌마 저희 술만 깨고 갈게요**
골목 가로등도 게슴츠레 맞장구치며 깜박깜박
장미여관 103호에 잠든 봉奉숙이 팔베개 해 주고

낭창낭창 흐물흐물 끈적끈적
꿈속으로 흘러간다
봄날 따라 날아간 나의 꽃잎 봉숙이
내일도 봉鳳숙이 찾아 삼만 리
이히힝이힝 히잉 이히힝이힝 히잉

*, ** 장미여관의 「봉숙이」에서 부분적으로 따옴.

황룡강에 간다

여름밤 축령산에 모여 앉아
빙어 피리를 튀긴다
칠 형제 가슴마다 황룡강이 흐른다

해마다 여름날이면 아버지는 황룡강으로 갔다
500원짜리 식빵 봉지 하나 챙겨
형들도 동생도 구덕을 들고 기차를 탔다
디딜강을 지나 송산교 아래로
땡볕에 강은 물비린내가 들큰했다
아버지는 부지런히 투망을 어깨에 메고
햇살에 반짝이는 강물 속으로 들어갔다
아갸!
투망이 잘못 펼쳐질 때마다
아버지의 짧은 탄식은 노을 속으로 흘러들어
여름날 노래가 되었다

구덕엔 모래무지 꼬깔붕어 피리가 퍼덕였다
꼬깔붕어는 숨이 짧았다
자갈밭에 둘러앉아 피리를 튀기면
비릿한 황룡강은 붉어졌다
투망질을 좋아하는 아버지에게
물고기 썩는다며 잔소리하던 엄마는
속으로만 좋아했다

아버지는 황룡강에 여전히 살아 계시고
우리는 그곳에서 함께 즐겁다
비릿한 슬픔도 고소해진다

시리디시린 바다 풍경을 눈앞에 두고도 다툴 때가 있지

아마도 그건 닫힌 창문 탓이야
그건 열기 가자미 줄돔 오징어회가 쫀득거렸기 때문일 거야
그건 의뭉스런 갈매기들이 부추겼기 때문일 거야
그건 소주와 막걸리가 심술부렸기 때문일 거야
아니야 아니야,
그건 귀를 간질이는 파도 소리 탓이야

이 모든 게 그들의
연합작전이라는 걸 다음 날 아침 깨달았지
우린 당할 재간이 없었던 것이고

애정하는 마음은 가끔씩 럭비공처럼 튀는 걸?
그러니까 왜 마냥 좋을 수는 없는 건지

그것은 눈부신 풍경 속에
지나온 모든 고통과 슬픔이 담아지지 않기 때문이지

세상을 건너가는 별책부록

밑바닥을 기는 사람은 진창 속 악어입니다
거친 숨을 내뱉으며 뭍에 오를 기회만 노립니다
넙죽 바닥에 절하고 진흙탕에 코를 박습니다
햇빛을 기둥 삼아
하늘에 마음밭 한 뙈기 마련하려는 까닭입니다
마음밭 모퉁이에 자란 혹부리 등나무
바닥을 넌출대던 기억 붙들고 노을에 기댑니다
무엇이든 오른쪽으로만 감고 도는 나무는
늘 왼쪽 허리께가 아픕니다
곁에 있는 것들을 괴롭혀야 살 수 있는 천형을
밀어내는 나무는 염통에 독을 심었습니다
피돌기가 수월치 못한 염통은 돌연변이의 온실
돌연변이는 왼 것들의 소리 없는 몸짓
독은 더러 보라꽃으로 피어나고
부르튼 등가죽마다 혹으로 불거졌습니다

곳곳에 허방다리를 숨기는 늪에서 살아남기란
수직으로 올라서기보다 적당히 모로 뒹굴기
나무는 제가 물어뜯은, 이빨 자국이 선명한
늑골을 바라봅니다
얽히고설킨 덩굴들을 이고 지고
제 그늘을 한 뼘 두 뼘 내어 줍니다
그러나 욕망은 서바이벌의 필수 별책부록
시절은 하수상, 경전으로도 해독되지 않습니다
못다 벼리어 낸 덩굴들이 출렁대는 늑골의 서녘
죽은 듯 눈 감고
바람에게 턱을 맡기던 악어 한 마리
한사코 꼬리를 꼿꼿이 치켜들고
노을을 벌겋게 찢습니다

나는 헐렁한 별책부록입니다

마추픽추에서 띄우는 엽서

먼 곳으로 가고 싶었다
아픈 곳으로 가고 싶었다

이른바 비굴 한 자루를 등에 지고
비 오는 새벽 여섯 시 마추픽추
라마가 잉카 이슬을 맨 먼저 밟는 곳

떠도는 그
대신 바람이 읽겠다
흔들리는 바람
대신 콘도르가 울어 주겠다

석벽의 붉은 꽃 한 송이
니 맘 안다
니 맘 안다

편히 쉬어 가라고
고개를 끄덕이겠다

고독은 우루밤바 계곡처럼 골이 깊고
고통의 음조는 다분히 변덕이 심해서
내 불구를 저 와이나픽추 안개가 쓰다듬겠다

시 | **정선**

2006년 『작가세계』 등단한 후 시라는 '즐거운 늪'에서 허우적거리고 있다.
저서로는 시집 『랭보는 오줌발이 짧았다』, 『안부를 묻는 밤이 있었다』와
에세이집 『내 몸속에는 서랍이 달그락거린다』가 있다.

사진 | **정재훈**

사진은 덧칠을 하지 않아서 좋다. 자연이 좋아 틈나는 대로 카메라를 들고
쫓아다녔다. 산과 들이 그곳에 있었고 바다가 그곳에 있었다.
사람도 '있는 그대로' 자연이 되었다.

역락 오후시선

오후시선 01
고요한 저녁이 왔다

시 복효근
사진 유운선

- 2018년 올해의 청소년 교양도서 선정
- 2019년 세종도서 교양부문 선정

오후시선 02
사이버 페미니스트

시 정진경
사진 이몽로

오후시선 03
그대 불면의 눈꺼풀이여

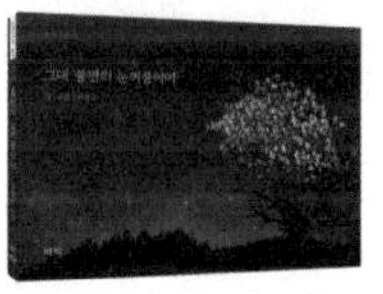

시 · 사진 이원규

- 2019년 문학나눔 선정

오후시선 04
아침에 쓰는 시

시 전윤호
사진 이수환

오후시선 05
울컥

시 함순례
사진 박종준

오후시선 06
그대만 아픈 것이 아니다

시 이수행
사진 박균열

오후시선 07
내가 낸 산길

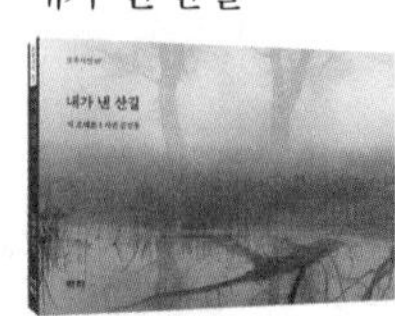

시 조해훈
사진 문진우

오후시선 08
파리에서 비를 만나면

시 나혜경
사진 김동현

오후시선 09

마추픽추에서 띄우는 엽서

초판1쇄 발행 2020년 8월 12일
초판2쇄 발행 2021년 1월 15일

시 정선
사진 정재훈
기획 김길녀
펴낸이 이대현
책임편집 이태곤
편집 이태곤 문선희 권분옥 임애정 강윤경 김선예
디자인 안혜진 최선주
마케팅 박태훈 안현진

ISBN 979-11-6244-551-8 04810
979-11-6244-304-0 (세트)

펴낸곳 도서출판 역락
출판등록 1999년 4월 19일 제303-2002-000014호
주소 서울시 서초구 동광로 46길 6-6 문창빌딩 2층 (우06589)
전화 02-3409-2058
팩스 02-3409-2059
홈페이지 http://www.youkrackbooks.com
이메일 youkrack@hanmail.net

책 값은 뒤표지에 있습니다.
잘못된 책은 바꿔드립니다.

「이 도서의 국립중앙도서관 출판예정도서목록(CIP)은 서지정보유통지원시스템 홈페이지(http://seoji.nl.go.kr)와 국가자료종합목록시스템(http://kolis-net.nl.go.kr)에서 이용하실 수 있습니다. (CIP제어번호 : CIP2020031373)」